陰陽兩亭午
冷暖一爻功
佳果釀佳色
緋山萬點紅
丁丑大寒
楊梅

過雨知晴霽
空山生白泉水作田

樹高可栖
鴉樹密卻
藏鹿辛
苦小半年
欣喜住新
居丁酉冬
寫於
蘭若書房
此為
汪先生
詩
楊梅

縣長詩意
楊梅

松青山頂
堅守
生語意
楊梅

青龍脫貧詩記

★纪立功 著

群言出版社
QUNYAN PRESS
·北京·

图书在版编目（CIP）数据

青龙脱贫诗记 / 纪立功著 . -- 北京：群言出版社，2018.3

ISBN 978-7-5193-0427-0

Ⅰ. ①青… Ⅱ. ①纪… Ⅲ. ①诗集－中国－当代 Ⅳ. ①I227

中国版本图书馆 CIP 数据核字（2018）第 056025 号

责任编辑： 潘　昊
封面设计： 逸品书装

出版发行： 群言出版社
地　　址： 北京市东城区东厂胡同北巷 1 号（100006）
网　　址： www.qypublish.com（官网书城）
电子信箱： qunyancbs@126.com
联系电话： 010－65267783　65263836
经　　销： 全国新华书店

印　　刷： 北京美图印务有限公司
版　　次： 2018 年 5 月第 1 版　2018 年 5 月第 1 次印刷
开　　本： 880mm × 1230mm　1/32
印　　张： 5.5　彩插 8P
字　　数： 133 千字
书　　号： ISBN 978-7-5193-0427-0
定　　价： 30.00 元

自序

党的十八大以来，以习近平同志为核心的党中央，大力提倡扶贫脱贫，奔向小康。从此，脱贫工作便成为贫困地区基层干部，也包括上面各级派入基层帮助脱贫的众多干部的中心工作与必须完成的重要任务。

青龙满族自治县位于河北省东北角，因青龙河（古称玄水）贯穿全境而得名，与辽宁省三县接壤。三千五百一十平方公里的县域面积，五十七万满、汉、苗、回等各族民众，满族约占人口总数的百分之七十。满族人口的来源为清朝入关，清朝初年（康熙九年），朝廷派出八旗军民官吏等来青龙及左近地区垦殖狩猎，从此丁口繁衍，人烟辐辏，一改元、明时期荒凉萧索气象，到晚清、民国时期，已经是村庄络绎、鸡犬相闻、满汉融合、旗民共处的社会状态了。虽经近代战乱，日寇荼毒，到新中国成立初期，人口达到二三十万（县域面积有变化，人口数量有增减），乱山深处，大县规模，百里之治，世有运焉。

全县“十二五”期间有五十五个贫困村，“十三五”期间新增加八十七个贫困村，占全县三百九十六个行政村的三分之一还多，扶贫脱贫任务之重可想而知。两三年来，省、市、县几级派出一百多支工作队包村驻队，长期在贫困村吃住工作，掀起一场艰苦热烈的脱贫运动。工作队员身份都是干部，不管是出身农村，还是出身城市，都是生龙活虎，英气蓬勃，想干事创业的年轻人。工作队入村后，从熟悉摸透村情户情开始，和乡、村两级政府组织密切配合，开列好计划，端得出盘子，热热闹闹地展开工作。困难当然很多，麻团、刺猬一样摆在面前，捋清揉顺，绝非易事。先别说劳动，这些在城市和学校里长大的年轻人，在生活上能适应农村的环境习俗，就不简单。杨绛先生在《第一次下乡》里，把旧社会过来的知识分子从城市甫到农村劳动受教育中“得过几重关”：劳动关、居住关、饮食关、方便关、卫生关，叫作“过五关，斩六将”，描写生动细致，耐人品读。现在的扶贫队员们面临的农村环境虽大有好转，情形却相仿。当然，“劳动关”里的劳动，指的是帮助村里谋划基础设施、产业项目、生产生活条件改善等几类事项，不是到田里亲自干活儿。基础设施包括修路安灯、拉线架电、引水上山、修池造地等；产业项目包括发展种植、养殖、加工等若干类。种植除五谷杂粮外，果木以适合青龙土壤气候条件的板栗、苹果为主，另有食用菌、中药材等。养殖不外牛、羊、鸡、猪，五牲六畜，有规模养与分散养的区别。请来专家教授及县内外种植养殖能手做技术指导，是一项重要的工作内容。加工指劳动密集型适合消化农村剩余劳动力，尤其是妇女劳动力在家门口就近打工的服装、农产品、中药材加工等。还有村村都可架设的太阳能发电项目。改善贫困户生活条件，以习近平总书记和党中央提出的“两不愁三保障”，吃、穿、住、医、教为主，外加安全饮水、用电等项指标。可以说“解剖麻雀，五脏俱全”，涉及农村生产生活的方方面面。各色各样的人，杂七杂八的事儿，都得接触、把握、融合，最终精诚团结，合力同心，谋事干事，实现脱贫。

我本人出身农户，生长在农村，毕业后在青龙工作三十几年，对扶贫脱贫工作的重要性，改变农村生产生活面貌的迫切性，当然理解。从连续的下乡包村、入户调研及实际扶贫工作中，生出许多新的感受，也很自然。对乡村干部（村级组织“两委”班子成员习惯上也称为“干部”）和工作队员的辛劳甘苦，自有体验。对农村庭院的古朴风味，田野风光的恬静秀丽，山容水态的自然和谐，更是由衷的赞美。身入其境，群观以兴。相来心外，诗由心生。时断时续地写了些诗，积攒起来有一百零几首，描写记录青龙脱贫工作的一些点滴、侧面，描摹每每用心，下笔常常无力。企羡杜陵“诗史”，贻笑兰陵技穷。心手不如桴鼓，鱼水冷暖自知。愿望的好与效果的差，读者自有眼力，不劳我多说话。

大多诗下面加了长短不一、内容各异的注，是为了对每首诗所发生的环境、所生发的意境，加以适当的说明，增加诗的可读性与现实感。这样做的代价可能是让诗跑掉神韵，汩没性灵。作者或许快心，读者不能满意。

正文后面增加了两个附录。附录一是记录家乡（青龙）面貌的五首（组）古体山水诗，能让读者更多地了解一点作者的创作经历，增加联想。附录二是董振华、张保学、党慧鑫几位同志用亲身经历或旁观感想写成的三篇散文，记录了青龙和在青龙工作过的驻贫困村扶贫工作队同志们的工作、生活、劳动的成果及片段，有助于对正文里诗的氛围、场景、内容和艺术效果的理解与了解。可算粘土抟人，绝非炊沙蒸饭。不是多余。

傅奇先生为本书题写了书名，杨梅同志用诗中意境成画八幅。一篇在手，两美并存，裁红晕碧，绾摄初心。在此深表感谢！

《脱贫歌》一组，算是青龙扶贫工作及正文里那些五、六、七言诗作的演绎与总结。

脱贫歌

一

天下有坎廪，天上好给与。
阳光滋灿烂，缤纷化甘雨。
譬如行脚驼，绿洲间苦旅。
鹦雀托草莱，春风力鹏举。

二

一县四百村，贫者屈指数。
三分竟其一，灭裂治莽卤。
低处陷湫隘，山居恶水土。
生世慕光鲜，困窘眈眈虎。

三

扶贫大政策，一气三叠鼓。

上面派人来，贫家善与伍。
收入慢数计，粗粝视锅釜。
正是走踆踆，夜分又亭午。

四

伸颈啜薄粥，野菜和根煮。
井水拔瓜果，秧苗辨稷黍。
生活过关口，劳动打基础。
实事求真事，握有金刚杵。

五

大村千余户，小村上百家。
心照从道里，白战捋团麻。
帮扶要精准，识别无舛差。
五丁投四体，蜀山力拔蛇。

六

五谷并六畜，三春又九秋。
田原好风景，农家忙不休。
行路修盘曲，汲井放渠流。

客来容作主，并驾走黄牛。

七

百里善论筹，九岔十八沟。
水华咽甘洌，电绚暖边周。
一意行施置，同方解亩矛。
吃穿住医教，五福喜临头。

八

千古农桑社，踏歌庆有年。
耦耕合一力，共舞组回旋。
流水洋洋矣，高山郁郁然。
指挥操白羽，五十柱间弦。

二〇一八年一月一日

目录

一

黏食堆来盘底，好风又兆年头。
今冬雪犹三白，来岁收获九秋。

注：满族民俗，冬日及逢年过节必吃黏食，自做自储，食用方便。现在待客讲究的席面也上黏豆包、油炸糕等物。青龙满族自治县龙王庙乡张胜利、张全利兄弟积十年之功打造的秦皇岛市非物质文化遗产“在旗”牌黏豆包，实现工业化生产，然传统风味不改，市场紧俏，产值近亿。二〇一五年冬青龙恰下三场雪，入冬、严冬、冬尾各一，为近年来雪量稍大者。

二

扶贫是大政策，盘算要顶精严。
一事好生擘划，略同蓍祝龟占。

注：卜筮流风，所去不远。

三

盆里葱枝挺秀，坑头芫荽喷香。
古俗与年分减，老人盘馔央央。

注：北地苦寒，古时冬季难见青菜，满族风俗将葱、蒜、芫荽（音 yán suī，口语中香菜的本名，老年人犹有用此称呼者）置盆中覆以泥或置水中，放屋中阳暖处生长，青翠尤显生机，春节前后正可食用。“央央”指鲜明貌。

四

鹊语鸠呼连贯，鸡争犬斗勾留。
年味稍相平淡，勤勤人到山沟。

注：青龙农村俗语谓勤劳能干者为“勤勤”。农历正月初十前后勤者即上山下地，剪树修枝。

五

雪意冰封退却，向阳枝桠绵柔。
已禁人来上下，攀爬俯仰逗留。

注：冬季天寒枝脆，立春后阳回风暖，果树枝条亦变柔软，能禁得住人上树攀枝。

六

村北村南梁上，山楂板栗枝头。
老手身轻如雀，雀从身畔啁啾。

注：农家呼雀分“山雀”“家雀”两称。

七

剪枝希求挂果，果疏果密运筹。
秋后丰收喜悦，眼前皱手蓬头。

注：农户俗称树之“结果”为“挂果”。花之疏密与果之产量多少，品相高下，价钱低昂相关。

八

开河鱼影双双，鸭阵比邻挤撞。
人气与增活泼，风中寒意消降。

注：谚云“七九河开，八九雁来”。水中鸭阵等于空中雁阵。范成大《四时田园杂兴六十首·晚春》第十二首：“小童一棹舟如叶，独自编阑鸭阵归。”

九

枣梨院中墙外，桃杏屋后窗前。
早晚花开唤暖，迎春偏最争先。

注：花开三季，人爱四时。屋里冬日盆栽无算，住宅周围，院中墙外，果树花株，家家培植，为满族风俗流传。青龙人讲究瓦房深院，果木菜蔬，种有余地。每年最先绽放的庭院花枝当然是迎春。

十

坚彻九冰消释，悄然地软生泥。
傍晚牛羊践踏，明晨除扫开蹊。

注：改革开放前，鸡埘豚圈，家家可见，古俗不易，养家手段。二十世纪九十年代后，随着农民尤其是青壮年离土离乡者日多，农户家中畜禽养殖大减，几有移风易俗之感。扶贫工作铺开，工作组进村，助农户规模饲养猪、鸡、牛、羊等，古风挽回，手段更新，成致富门径。

十一

冰雪向春融化，晴光逐日温妍。
大人放开腰脚，儿小浑忘冬天。

十二

果木山腰围合，松青山顶坚牢。
压山古延美誉，看山劲节周遭。

注：青龙许多山头均有古松植守，人称“压山松”，大约为古人指木为神（萨满教遗风），守境护人之意。现青龙森林覆盖率居河北省第三位，松青连片，映雪照山，冬日尤为养眼。

十三

蹲点经年坚守，上山下地真忙。
沟垴地头事项，大都驻满心房。

注：扶贫工作组入村后，一住两年，无特殊情况中间不换人，不脱贫不离村，辛苦可知。“下地”为青龙土语，谓下田劳作。“沟垴”亦土语，平日说写者均用“脑”字，等于说“沟头”，山沟的顶端。

十四

入户唠叨家计，串门打听寻常。
总有三牲六畜，话头拈起不忘。

十五

未免蚤虱侵袭，也应猫狗跳踉。
添薪向火动作，主客心许良方。

注：工作队员串门走户，须入乡随俗。冬日炕置火盆，埋炭取暖，民习久远。现在村中老年人仍有守习不辍者。

十六

地里生钱手上花，吃穿得济乐生涯。
合家用度从头数，柴米油盐酱醋茶。

注：国家提倡精准扶贫，农户收支必须认真计算。“得济”，乡间土语，谓有助。扶贫验收的主要标准“两不愁”，吃穿当然是最基本的条件。

十七

驱栗上山蚕上树，养家宜有木千茎。
儿孙自有儿孙福，三载携筐树下行。

注：青龙是河北的山区大县、农业大县、林业大县、生态大县，植树造林当然是应有的任务，也是古来不断的传统，现今果树栽种后三年见果绝不稀罕。杨万里《桑茶坑道中八首》其一：“田塍莫道细于椽，便是桑园与菜园。岭脚置锥聊结屋，尽驱柿栗上山巅。”

十八

植守成荫我所欢，赏花漫兴岂凭栏。
杏桃点缀门墙处，可作先生五柳看。

注：读过《红楼梦》的人当然记得大观园里稻香村“有几百株杏花，如喷火蒸霞一般，里面数楹茅屋。外面却是桑、榆、槿、柘，各色树稚新条”等描写，在王侯庭院是奢侈点缀，而在普通农家则是本地风光，自然生趣。钱钟书《容安室休沐杂咏》第十二首：“袅袅鹅黄已可攀，梢头月上足盘桓。垂杨合是君家树，并作先生五柳看。”

十九

河边看柳户看杨，绕宅十年成栋梁。
副业生根主人笑，爱家乌鹊得巢藏。

注：杨树是青龙村庄、道路、河滩等处的主要绿化经济树种之一。人民公社时期农户粮食果菜（大都由男女劳力出工所得工分折合）等主流收入以外所得谓之“副业”。乌鹊绕宅依树筑巢，对庭院主人来说，等于客者住家，主客日久生情，喜人亦招人喜爱。

二十

粉墙斜露杏花条，千百诗人爱咏描。
一段好春明户牖，亭亭美玉佩当腰。

注：庭院植花等于人身佩玉。传统乎？习俗乎？时尚乎？我们可以把古代诗人的诗句如宋代小诗人张良臣的句子“一段好春藏不尽，粉墙斜露杏花梢”(《偶题》)，清代大诗人龚自珍的句子“漠漠郁金香在臂，亭亭古玉佩当腰”(《秋兴》)合看，组成新的意境。

二十一

闲草野花俱病因，狂来噎痒惹芳邻。
农家出没风光里，随意肩头布葛巾。

注：古人之葛巾岸帻岂非今日村女农人之纱巾布帽乎。城里人害过敏症者渐多，而农村人整日在田间劳动，蒿尘花粉，扑面无妨，过敏者反倒较少。

二十二

高山淌水恣奔流，一段天然好兆头。
粪土田间春细捣，丰瓜穰果后来收。

注：将粪土用耒耙来回捣细，便于施洒，称为“倒（音 dǎo，口语中呼为 dào）粪”。化肥益多，土质日贫，大不合有机天然原则。

二十三

河开渔户挂罾来，谈论餐桌好食材。
清水陂塘流不动，鹅儿争抢鸳徘徊。

注：生态恢复，河清水溅。鹅鸭争鱼，鹤凫碰面。流而不动，等于说流得慢。

二十四

柴草满山割不开，葛藤绊扯步难回。
村村防范争先进，妇女都来检火媒。

注：山林防火防胜于扑。家家动员，男女上阵。民心鼓舞，三人成虎。

二十五

植树封山世代功，松涛始觉听无穷。
真能野火烧无剩，百里葱葱一夜红。

注：松林着火，殆难扑救。顺风爆燃，万株一哄。“青龙”得名于青龙河，满山松翠也是一个象征。据老一代干部讲，青龙于新中国成立后曾获国家“华北松林第一县”称号。记儿时家大人语，二十世纪五六十年代，松粗合抱，密不容人处松林很常见。

二十六

烧荒谁谓沃层林，古意难将今日心。
有力愚公移水土，日光洒洒月侵侵。

注：北地之烧荒略等于南国之烧畲，古风陋俗，晚近犹存。青龙山多厚壤，得水则造林倍效，三数年即可蓊郁成林。近年间山地窖罐猛增，贮水活林，得扶贫之济也。

二十七

桃源亮敞洞门开，紫陌红尘动地来。
深浅枝头团簇簇，花腮人面恰偎陪。

注：桃杏满山，花节连翩，山头水岸，万人拥看，成山区惯常景象，也是旅游拉动经济，农家增加收入的好时机。

二十八

蜂喧鸟语密相知，曲岸桃林蘸水枝。
人样也描花样子，喷香染晕耐风吹。

二十九

春光搅动客情欢，万树梨花乍作看。
细雨晴明都带劲，可人天气趁暄寒。

注：青龙梨花繁盛之日，鹃樱带愧，棠锦低头，漫山遍野，雪白风清，观者有声，去者回眸，绝非诗人词语所能形容。此中老树着花，虬枝连片者，多在官场、凉水河、三拨子几个乡镇，全县东西两厢，花光照耀，昡烂生辉。

三十

生树杂花绕屋重，满畦葱韭绿争松。
春盘堆满主邀客，都当寻常菜把供。

注：乡村旅游，农家饭菜，生意盎然，人见人爱。范成大《四时田园杂兴六十首·冬日》第七首：“拨雪挑来踏地菘，味如蜜藕更肥醲。朱门肉食无风味，只作寻常菜把供。”

三十一

山村三月骨筋舒，墨染纸洇画不如。
来客养心先养眼，老人犹说想当初。

注：农事仍多计农历。

三十二

耕者有其田，居者有其庐。
活成人样子，二者大乘除。

注：危房改造是贫困户脱贫的重要指标，“两不愁三保障”中的一保障。俗语“一进青龙县，瓦房一大片”（青龙是满族聚集地区，所谓“瓦房”，与北京四合院的满式民居同类，但一般较其高大），农村看人穷富先看房院，房破者必家贫。

三十三

树高可栖鸦，林密能藏鹿。
辛苦小半年，欢喜住新屋。

注：危房改造或新建或加固，国家均有补助，中央扶贫政策极接地气。鸦在满族传说中占有重要位置。传说中努尔哈赤曾被乌鸦搭救，因此鸦成了满族人心目中的神物。满族大书画家启功先生的诗书画作中均有乌鸦出现（当然，启功先生的艺术中所反映出来的意思，也不能一概而论，比如启老青年时代，送给台静农先生的《故都寒鸦图》，正值“七七卢沟桥事变”，心境可知，画境亦不难想象）。其实鸦起蔽空、飞鸦绕树、寒鸦栖枝等老早就是诗画中的材料或景象。乌可喻日，只是在前面须加“金”“赤”等字，取意吉祥，与一般人心目中的黑漆、寒凛等鏖糟意象不同。

三十四

五穷真五鬼，鳏寡病孤独。
大伙帮驱除，破家翻新宿。

注：按照扶贫工作要求，困厄者最低限度也要住上安全房。农村建房，老宅翻新每言“翻盖”。韩愈所谓“五穷”指智穷、学穷、文穷、命穷、交穷（韩愈是正话反说，这里是借用字面）。除了“命穷”为村人口语，“交穷”也算勉强沾边外，前“三穷”与村民心目中的穷，按现在流行口语中的说法，可谓“不搭”，故改成本诗中的“五穷”。

三十五

门墩传古意，影壁取新图。
上好佳庭院，栽成树已粗。

注：门墩、影壁皆满人宅构组成部分。古语“树小墙新画不古”，表示新居气象。而现在植树，苗木老粗，亦能成活。

三十六

老宅留光景，院墙石垒成。
乡愁余片段，风采最关情。

注：农村建房不必一律追求高大新洋。砖瓦房、石头墙乃青龙宅俗。青龙农村目前仍随处可看得到青山遮断、绿树掩映间的青砖青瓦、粉墙墨画（山水花鸟人物故事）、木窗木门等风格的老式民居。习近平总书记提倡“望得见山，看得见水，记得住乡愁”，当然就是留得住乡情民俗、农家风味，可以看作是《诗经》里“采风”在现实中的流绪——古来就有的田园生活的传承与记忆，也是“绿水青山就是金山银山”的一个侧面的诠释。

三十七

产业家家盛，需求岁岁新。
老天养民子，今世汝何人！

注：宋代诗人李觏（按钱钟书先生在《宋诗选注》里的说法，他是位敢于反对古代儒家理论，也反对当时儒家的思想家）有两句诗“产业家家坏，诛求岁岁新”，把古代统治阶级对农民的剥削压迫说得很直白，是唐代杜甫诗中反映乡民赤贫境象和“已诉征求贫到骨”（《又呈吴郎》）一类句子的翻版（“诛求”这个词杜甫也不止一次使用，如《白帝》诗中“哀哀寡妇诛求尽”，《虎牙行》诗中“征戍诛求寡妻哭”等）。本诗一二句脱胎于此，一望而知，只不过它是现代农村农业也包括脱贫事业的现状和需求。

三十八

日夕牛羊下，隔门鸡犬声。
六畜都有种，肥豕自彭亨。

注：农户养殖是千古的传统，不用说也是致富的门路。工作队帮农户购买猪仔鸡雏，年末养成回收，成为农副产品进城的一条捷径，也拉近了城乡的距离。自从《诗经》中把鸡晚入栏、牛羊下山这种古人生活中常见的境象比兴于诗，后世久用不厌，无形中也成为农业社会的一种标志。现代进入工业社会，但在涉及农村、农业、农民的“三农”环境中，尤其是山区，还不能成为例外的事情。在青龙的脱贫工作中，还是大力提倡活生生存在的东西。畜产出入，养家致富。古今易时，理归一窟。

三十九

种谷山周遭，水肥擢苗高。
九秋风露下，米价订牢牢。

注：青龙盛产小米，过去也称“贡米”，清代供京城满族人食用。现在长城沿线乡镇如草碾、官场、三拨子、凉水河几个乡镇，种植面积仍然很大，老品种犹有称“紫脖根儿”者，入口香糯。城里人追求“有机”“生态”，亦有“订种”或“监种”者。工作队看准契机，帮村户多种保收，找好销路，用微信群、朋友圈、电商邮购一类时髦方法促销，新手段，老问题，两厢欢喜。

四十

垦山留水土，匝地嘉禾树。
宛转石阶梯，鳞鳞期永固。

注：垒石护田，古代已然。土膏水乳，大小有年。山地梯田，近年恢复和新建者不少。媒体上每载南方梯田，青牯绿苗，山光水意，推为胜境。其实北方梯田，绕山弯转，种树者多，种禾者亦不少，鳞鳞栉栉，上山有花，临树尝果，种田者图春耕秋收，游赏者乐禾颖穗头，农事风景，亦大有佳致。

四十一

罟户网张频，探流取百鳞。
钓杆春重把，何止二三人。

注：青龙境内青龙河、起河、星干沟、都源河、沙河、都阳河六条河系常年不断流，在华北地区已算难得，近年植被恢复较快，森林涵养水源能力增强，四季清流，鸢飞鱼跃，网者生财，钓者取乐，不独风景喜人。河中鱼品，春味最佳。苏东坡有两首诗把渔人之乐和鱼为人用两层意思说得很有趣，《送李供备席上和李诗》："擘水取鱼湖起浪。"《鱼蛮子》："江淮水为田，舟楫为室居。鱼虾以为粮，不耕自有余……擘水取鲂鲤，易如拾诸途。"本书第六十七首有"下水等鲢鲂"句与本首同一取境。唯"等"字每读之发笑。老一辈乡亲俗称鹭、鹳、鹤一类水鸟为"老等"，谓鸟立水中，等鱼上口之意。

四十二

胶鞋踏沙砾，泥手拨来波。
干部走河去，清浑别已多。

注：生态立国，水推大事。水源河道有无污染，在各级干部的思想中，可谓才下眉头，又上心头。主要领导带人实地查看河流现状，纷纷若若，俨然节假日一道必有的风景。大千万态，随处皆诗。元好问诗："谁是诗中疏凿手，暂教泾渭各清浑。"虽与本诗所体现的意境不侔，尚可引起些许联想。

四十三

田垅人声应，人家键户多。
客来问生计，老者叙经过。

注：春耕大忙季节，村庄悄悄，田间人影晃动。农民进城打工，是推动时代发展的一个重要因素，也是农户增加收入的一个有效途径。工作队进村帮扶，提倡产业扶贫，靠山吃山，育林富民，青壮年有回流迹象。

四十四

野雉门前起，斑鸠耳畔歌。
近邻都老熟，惊走不相呵。

注：清朝时青龙民谚：棒打狍子瓢舀鱼，野鸡飞到粥锅里。生态恢复，光景倒流。

四十五

绿叶葱茏出，花枝已偶然。
啃青食山菜，凿井饮新泉。

注：青龙山野菜众多，过去荒年度命，如今众口尝鲜，物非两样，事属两端，因时而异，欲语忘言。农家饮水分几种情形，或自家院内宅旁掘井自用，或数家联合挖井共用，水质清亮，四季有水，算得上“饮水安全有保障”。少数村户靠水窖积攒雨水生活者，在脱贫工作中正积极改善。

四十六

书记殷殷问计，县长谋事拳拳。
板栗可山栽满，家家都有余钱。

注：河北科技师范学院张京政教授有言：世界板栗看中国，中国板栗看燕山，燕山板栗看青龙。无他，土壤（栽植板栗以麻岩风化所成砂砾土壤尤其是富含铁等微量元素者最为合适）、气候（日照、昼夜温差）、降雨量（燕山东端，濒临渤海，降雨较为丰沛）等自然条件优胜而已。县委、县政府提出把板栗发展成全县致富脱贫的支柱产业，得天独厚，浑然天成。

四十七

苗种更新换代，课堂地角田间。
请来专家教授，现场泥泥关关。

注：改革开放后几十年间，青龙板栗、苹果两项主打果品，择优汰劣，面貌大变，得益于河北农业大学、河北科技师范学院、昌黎果树研究所等单位的专家教授们多年的科研成果和悉心帮助。植剪花肥，现场指导。两轮双翼，鹏飞车跑。当代“太行山上的新愚公”（习近平语）河北农业大学著名专家李保国同志生前的最后半年内，就曾两次到青龙干沟乡研究指导苹果中“国光”等老品种新栽植问题。“泥泥”“关关”两词均出自《诗经》，前者指雨露濡湿，或枝叶茂盛，喻恩泽。后者指鸟相和鸣，喻和谐。就地取材，触处易通。

四十八

苹果花轻人慢，栗林味重虫嫌。
老秋收镰结果，正有婚本嫁奁。

注：苹果、板栗俱不以花胜。栗花落地，拾起编结晾干，夏夜点燃，可驱蚊，俗语谓之“火绳”。农村老人讲古夜谈（电视未普及前，村语所谓“听瞎话儿”，姑妄言之，姑妄听之之意。最典型的场面是夏夜或早秋晚饭后无事，男女齐聚当街，坐井台，燃火绳，一人讲，众人听，笑语起伏），每言“收镰结果”，农事取譬，就近稳便。儿女婚嫁，仍是农村父母的头等心事。

四十九

因病返贫愁事，家贫难奈病根。
赖有民生保障，翻身苏息法门。

注：贫者易病，病者必贫，贫病交加，如影随形，有病能医，雨过天晴。

五十

屋漏床檐泥滓，豁墙风口寒暄。
拈阄卜梦未准，今日贵人入门。

注：工作队进村帮扶，必多层次多角度访问了解贫困户。

五十一

赌者日胜日贫，妄心多是懒人。
指点门前榜样，硁硁栽枣西邻。

注：杜甫诗“堂前扑枣任西邻，无食无儿一妇人。不为困穷宁有此，只缘恐惧转须亲”，是贫者对穷人的怜悯，仁心仁术，救急有用。而移改陋俗，脱胎换骨，才是治本医人的药方。脱贫首先要改变的就是人的思想，习近平同志指出：“扶贫不是扶懒。不能把扶贫开发搞成‘懒汉受益’。要着眼于增强造血功能，广泛提高群众参与度，不搞包办代替，大包大揽，教育和引导广大群众依靠勤劳双手和顽强意志去脱贫致富。”“日胜日贫”，王安石评论苏轼文章《胜相院经藏记》时对苏文中比喻“如人善博，日胜日负”所做的改语，也是对赌博的评语（参看王水照、崔铭著《苏轼传》）。

五十二

鸣笛三声是校车，孩童争早惯离家。
假期已过学期至，天气喜晴树带花。

注：青龙是山区大县，村庄络绎，校点纷纭，撤点并校，优化资源，学生寄食寄宿，学校统一管理，早成趋势。

五十三

绿树丛丛楼顶红，书声攘攘鹊声中。
清明时节纷纷雨，路上行人脂口同。

注：治世昌明，教育先行。山区口传：最好的房子是学校。其实最干净整洁、秩序井然的地方也是学校。

五十四

独飨瓮头薄酒，笑容绽露佳怀。
学生生学有讯，困苦最可推排。

注：农村口语中每言“学生”“上学”“学习”“学校”等词语时，学字发音为xiáo，众口沿袭，不知其由来，听之温耳喜谐。

五十五

亢旱秧苗焦卷，雨过天地潮音。
夜来推窗盼望，云墨聚拢未深。

注：久旱无雨，人心焦躁。山区在很大程度上依然要靠天吃饭，因此也显现出兴修水利的重要性。现代农业每以水事为龙头，荒山秃岭，石碛沙洲，得水终生绿意，灌溉保种保收。

五十六

旱魃沾沾赤地，人心角力苍天。
沟渠泠泠汩汩，邻户联手比肩。

五十七

旱枣涝栗丰年，喜晴渴雨联翩。
天功偏手人力，地上终归有钱。

注：农谚：旱收枣，涝收栗。晴雨易成，天心难测。人心则更不知足，每欲从己情而变天意。我们可以参看古代大诗人的两首诗。苏轼《泗州僧伽塔》："耕田欲雨刈欲晴，去得顺风来者怨。若使人人祷辄遂，造物应须日千变……每到有求神亦倦。"范成大《晓起闻雨》："登高事了从教雨，刈熟人忙却要晴。"反映出人们遇事不谐的阻碍和各讨方便的希图。本诗第四句也可以从范成大的另一首诗上找到根源。《次韵汪仲嘉尚书喜雨》："老身穷苦不须忧，未有毫分慰此州。但得田间无叹息，何须地上见钱流？"

五十八

云阵摧颓有意，风飙飒爽无私。
青龙觉眠蛰起，四百村户绿滋。

注：青龙有三百九十六个行政村。

五十九

泠泠风细走轻涛，舞叶翩跹声转高。
呼得雨来齐下注，五更佳梦尽溪毛。

注：溪毛指水中荇藻类植物。杜甫诗“水荇牵风翠带长”(《曲江对雨》)，是对“溪毛”最好的描写。

六十

卷苗苏醒叶伸探，晨起看山绿正酣。
数天端午今七日，青龙真作嚏连三。

注：青龙农谚，大旱不过五月十三（农历）。候之每验。俗语：龙嚏则雨。《西游记》第六十九回："老龙……噀一口津唾，遂化作甘霖。"新近出版苏俊田同志主编的《青龙瞎话儿》载民间传说："（龙王）三太子说：'……变成一条龙。实际上降雨也并不难，风婆婆刮风，雷公响雷，电母打闪之后，你只需用鼻子哧哧就可以了，就像擤鼻涕一样，哧的次数越多，哧的劲儿越大，雨就下得越大。'"

六十一

果树层层走绺还，丘岗弥望绿如顽。
修池掘井真佳事，焦渴刮除水润山。

注：近年新植苹果、梨、栗，大都矮化密植。板栗主产区肖营子、娄丈子、八道河、青龙镇、双山子、平方子几个乡镇，山头水池簇立，来客每有指问，得相粲然。过去农家遇旱无助，祷天祈雨（俗语所谓“求雨”，流风未远，记忆正新），与现在农业劳动中的修池挖井两相比对，高下立见。“焦渴”二字，可参观熟悉佛家典故的诗人范成大笔下的两句诗“忧渴焦山业海深，贪渠刀蜜坐成禽”（《雪中闻墙外鬻鱼菜者，求售之声甚苦，有感三绝》），诗中所说的“焦山”“业海”恰与俗语中“焦心”“业障”等相通相对，正反映出人们与范成大笔下古代小贩同样在艰难境况中的紧迫心情。走绺，乡村口语。农家织布前按照颜

色花纹要求在场地上用器物来回缠绕经线的过程。王海津同志近著散文集《乡村碎片》(描写他老家青龙县木头凳镇傅丈子村鹊雀窝沟农村农家生活的诸多细节物事等)中“织布机”一节对此有详细生动的描写。青龙过去俗称农家自织自用的土布为“家织布”，近年又有恢复，草碾乡高庄村、土门子镇蒿村等乡村均有生产，纳入秦皇岛市妇联倡导创立的“女红坊”系列手工工艺产品范围，瞄准旅游，走向市场，对青龙的扶贫工作产生推动作用。

六十二

暑君操权酷热，夜来风起云沉。
渐觉雨声打叶，有人止梦推衾。

六十三

电闪雷鸣大作，雨飞入地沉酣。
喜极秧苗亿万，生一生二生三。

注：第四句谓天不绝人，生生不息之意。《道德经》云：道生一，一生二，二生三，三生万物。每思不悟，至冥搜百解。格之物人独立，道出天然，得解象：道乃规律，不成实质，一为个体，百具容形。一能载道，道体不离。一含阴阳。阴阳就是二，阴阳间冲磨激荡，两极运作，合二而一，归于平和，推陈出新，这个新的个体就是三。无数个三就是万物。一而万，万而一，往复循环，生生不息。

六十四

秋水尚浮云影，鸡豚声和林禽。
清美与人合意，丰肥各自天心。

注：俗语：人怕出名猪怕壮。猪肥待宰，物有益人。人物生存与共，于冲突中包含和谐。农家顺天履地，春种秋收，五谷六畜，物产人谋，即不问道，总合践道。

六十五

雨慢客思家，山青黄鸟斜。
救田排水急，闲着二三花。

注：田园情景，千古作意。但农民的劳动，在古代诗文画家的笔下不占主流，文人们似乎不太注意吃穿所来，生活所本。《诗经》的好传统好例子逐渐淡化，所幸不曾健忘。直到现当代的文艺作品里，才弥补了这个缺点，但我们不要让它形成新的缺憾。

六十六

久旱根茎短，分沾势怒张。
三天连雨下，得色满坡冈。

注：青龙俗谓暑天多雨尤其久雨为“连雨”，此间溽热难耐，庄稼却长势极盛，疏矮秧苗眨眼间便葱绿满坡了。范成大《喜晴二首》：“连雨不知春去，一晴方觉夏深。”

六十七

下水等鲢鲂，涉河即截江。
夜来深几尺，邻伴已敲窗。

注：风波险恶，渔家出没。乡味可口，褰裳试涉。俗谓吃鱼不如打鱼乐。参观和偶尔参与者的感受，那不过是一时的消遣，真正以渔业为生，秉纲撒网者，甘苦自知。青龙河水净鱼肥，鱼品远近闻名，春、夏、秋三季渔事不断。电、炸、药鱼等破坏环境的捕鱼方式久经禁绝，钓者网户正行其道。下游桃林湖库区一网万斤者时有所见，景象壮观。王安石诗中有句“筠筒钓鲂鲤”(《伤杜醇》)，与青龙河中打鱼水深鱼多，笼网(圆筒状网笼，大鱼留，小鱼出)截河的情景相类。

六十八

透雨知时霁，空山生白泉。
作田大欣喜，新路曲如悬。

注：俗谓雨足地饱，山泉涌出为“透雨”，山岩间渗水汇流或成泉为“空（kòng）山水”。近年扶贫助农，农村路网改造最见效力，庄内村间，田阡林路，曲回勾连，于农事省时省力。青龙于二〇一六年即新修农村水泥道路六百多公里。

六十九

双深双解入农村，碎口问来难事存。
锥颖要从心上起，岁功伏腊及鸡豚。

注：颖能解结，锥不处囊。青龙县委、县政府发动声势浩大的“双深双解”活动，派出数百名干部返乡入村，上心问事，逐一解决。与省、市派出的驻村工作队目标一致，表里相依，接榫合卯（合卯是乡谈口语，等于接榫）。

七十

天色冥冥重羽翰，槐花漠漠雨中看。
园蔬待客好时候，水饱畦田取却难。

注：乡村旅游，四时皆景。暑伏多雨，菜肥花少，时鲜荐盘，客兴不减。

七十一

黑云沉重脚垂天，宁耳沙沙响四边。
瓜果见肥花见少，猧儿慢兴狸儿眠。

注：古语：立秋前后，大雨时行。验之信然。连日降雨，干部们下乡住村，减灾害，防事故。

七十二

绵雨洗山透彻，门前草长树稠。
干部四周查看，沟渠泱泱清流。

注：青龙地少山多，地质结构松软部位往往与人家相去不远，绵雨季节，干部群众悬心刻意，提防灾害。植被大好，景象从前，连雨洗山，潽流满地，时光倒溯三十年！

七十三

龙挂奔霆作势，村山急景苍茫。
须臾雨停风止，照面几缕金光。

注：黑云垂地，龙首悬天，急雨即来，快人心目。“龙挂”一词出自儿时记忆，老辈乡亲偶有口语。可参见范成大诗的一个题目“大暑舟行含山道中，雨骤至，霆奔龙挂可骇”。

七十四

莫道西山爽气，东山亦有清凉。
彻晓青虫碎语，穗头啜露仍忙。

注：虫语唧秋，最佳天籁。禾香露气，收成有待。“收成”为农家口语，谓秋收有获。

七十五

田里一年守望，手头活计真忙。
看看天河水浅，褰裳何止牛郎。

注：七夕。男子外出打工，妇女种田守家，双燕分飞，多少思量！

七十六

蝉声晚来弱，露气早犹凉。
果熟瓜连蒂，农家采摘忙。

注：露白夜凉，瓜果登场。

七十七

花舞叶交侵，好瓜几绚金。
游人浑指点，一蔓力能禁。

七十八

果蔬篱壁间，一物不天悭。
人力竞天力，常年事不闲。

注：果蔬土产，篱壁间物，视之寻常。然客来眼明，稀罕为贵，正农家优势。脱贫最需恒产，养物必有常心，四季循环，劳劳不息，也正是干部们濡染农德、向学明心之处。

七十九

地亩生香养绿，层层稷黍离离。
秋风已来见饷，得意吾乡土宜。

注：乡味匮乏，来人分饷，谓之打秋风。如今物产丰盛，有人问求者为佳事。即便无买卖，客来询问品尝，主人口角眉宇间，必见津津得色。

八十

鹊语催人吉事占，累累掇拾数身兼。
菜花欲尽禾垂穗，未把朝朝风露嫌。

注：当代农业重头转为菜蔬果品。粮食生产趋向机械简易，工时减少。

八十一

饱餐当午困腾腾，忽有秋华拨眼能。
十里葵黄隘乡道，映空倾日万千灯。

注：花卉经济兴起，农田中秋菊、油葵、油菜花、中草药花种及观赏花品竞相摇曳，引人驻车，平添热闹。驻村工作队及农村经济领头人功莫大焉。葵花倾日与日下添灯（转释家语意。万千灯终不抵一日，然可交相辉映。小光映大光，虽小无碍，譬如积小善而成大德，合众萤而织夜光，总有可能。况人睹光明，大千中不必竟日而观一日）虽非连类，都堪明眼，尚可联想。

八十二

晚叶交加绿，疏花热闹红。
人来菜园子，蝶舞软和风。

注：农户菜蔬，多以自给。每家都有畦垅若干，称菜园子。园中菜品，随时变换。垅头墙角处，一般拾掇些花草。花多以农家物事命名，常见月季花（以多刺故，俗称刺挠花，早年红色居多，现品种百变，花色不一。香气扬溢，花期长久）、鸡冠花、秫秸花、白薯花（丛生高著，大红色花团簇拥显耀，在庭院中赏心悦目。只是无香气，近闻略生憾意）、芝麻花、夜来香等，更不用说自生自长爬满墙篱的牵牛花。草当然就是马莲了，它实际上不是草，也开细碎的紫色小花，只是像草罢了。园多近井，马莲往往离井口不远。一丛独占，为拥挤的菜园点缀些许清幽，也衬托出畦垅间的热闹景象。秋日早晚天凉，中午大热，有

利秋菜生长。园中白菜、萝卜长势正好，翠绿交加，配上三株两丛的月季、薯花等，妆光沁粉，鲜红深碧，艳丽得让人心尖打战。客来游赏，无不注目称奇。这让人想起另一种场景。如《红楼梦》中所描写的“琉璃世界白雪红梅”，“栊翠庵中有十数株红梅如胭脂一般，映着雪色，分外显得精神，好不有趣”！

八十三

露气漫星空，虫声洗耳通。
人家灯火里，取栗正匆匆。

注：白露寒露间，正是青龙板栗下山上市的大忙季节，行商络绎，坐地论钱，平时清静村庄，夜来灯火喧阗处，多半收取加工板栗。农民一年盼头，爽声笑语可知。

八十四

收工轻脚力，犬吠水声中。
人息连天意，巴巴正送穷。

注：农户脱贫的基本标准为“两不愁三保障”，吃、穿、住、医、教，五端并得，鬼患（韩愈《送穷文》中语）全失，可类送走“五穷”（可参看第三十四首）。而农村一般把运乖命蹇，日子不济称为“过得穷”。李白《访戴天山道士不遇》：“犬吠水声中，桃花带露浓。”夏雨丰沛，秋水潺湲，人声、水声、虫声、露滴声、牛羊鸡犬声，浑沦一气，谁谓尘世而非桃源乎？

八十五

自足小园肥水，朱冠占著鳌头。
晚花更多紫色，篱落爬满牵牛。

注：鸡冠年年有种（种子落地，明年自生），牵牛不请自来，秋花露脸，朱紫夺目。范成大《初秋闲记园池草木五首》："牛牵碧蔓自绕，鸡耸朱冠欲争。"

八十六

加减事难期，老瓜自出奇。
半年花悄悄，天晚叶支离。

注：瓜熟叶老，加减四时。一年景致，地供人宜。菜多不以花胜。

八十七

石布根瓠蛋谷沙，课余七宝不离它。
三皴六法涂鸦手，凹凸真能著彩华。

注：智力脱贫，教育先行。青龙中小学艺术教育盛行几二十年。绘画、书法、篆刻、器乐、舞蹈等，因人施教，成济日多。以绘画论，就地取材，因形赋彩，居然各成面目。中小学生业间课余，习谙艺能，鼓舞心灵，开启智慧，于人生旅途大有裨益。

八十八

真堪古彩赋今声，五谷三农影并呈。
老宿少年齐动手，佳音总有凤鸣清。

注：青龙于二〇一七年被中华诗词学会命名为中华诗词之乡。耄耋老者，玉笋少年，习者日多，蔚为风气。

八十九

墙角绽娇黄，霜花欲上场。
笋鞭加藕脚，鬼道不如姜。

注：农谚：霜花落，姜花开。农家院植齑菜（咸菜）类用园蔬一种，号“鬼姜”（也叫“鬼芥”，实为芥菜）。墙角篱边，一年种，多年收。中秋后始开细朵黄花，枝头堆绽，秋阳下迎风耀眼。根茎类生姜，腌制后生脆可口。所谓“鬼道”（口语）者，指“鬼姜”掘根不尽，明年自然长出，丛生依旧。“娇黄”与另一个频率更高的词“娇绿”（或作“浇黄”“浇绿”）均村中口语，大约与古代表示瓷器颜色的专门用语（如明代弘治朝娇黄色瓷器，瓷史有名）意思相同。范成大《四时田园杂兴六十首·春日》第三首：“舍后荒畦犹绿秀，邻家鞭笋过墙来。”

九十

秋卉多黄紫，山边与路旁。
农家重颜色，红粉半年狂。

注：野生秋花黄色最多，紫色次之，红白色少见。农户庭院花种，红粉色居多，如本书第八十二首所举月季、薯花等，多为大红或粉红色。月季又名半年红。可参看范成大诗《初秋闲记园池草木五首》第三首“薇帐半年春艳，桂丛四季秋香”的原注：“紫薇一名半年红”，月季、蔷薇同属，古人亦持相同看法。

九十一

阔展芭蕉叶，蕉花缬眼红。
农家如画手，吉选最由衷。

注：农家植芭蕉者渐多。阔叶繁花，老秋不瘁，惹人喜爱。芭蕉原是画家喜画的花种。王维画“雪中芭蕉”，阐明“画花不问四时”的画理，引起后世许多争论，争来争去，终于明白，不过是画家和读者情志的流露，一如“画花不问颜色”。农户尤其是北地的庭院种蕉，主人爱蕉，除了爱美之心人皆有之外，心目中是为了象征、显现或祈求日子的生机与红火，当然也是农家的“情志”。和画家相比，取意不同罢了。

九十二

阴阳两亭午，冷暖一交攻。
佳果酿佳色，皴山万点红。

注：红富士是青龙苹果的主打产品，大都套袋生长。中秋前后，当午秋阳热辣，昼夜冷暖交攻（昼夜温差加大，果肉糖度增加，酸甜可口），去袋后数日便见红彤彤的果实，妆点山坡。苹果主产区土门子、大石岭、马圈子、青龙镇等青龙北部山区，山头枫柞染霜，山腰果脸笑露，如人被酒，如花凝脂，晕红深浅，五光十色。

九十三

近水多鸥白，靠山红点苍。
菜畦正青翠，稻地弄云黄。

注：生态立国，绿水青山当然就是金山银山。桃源让人向往，田园由人歌颂，但都容不下现代社会之癌——污染。

九十四

道地燕芪都党，养家连翘双花。
参温杏苦风味，药裹活人生涯。

注：满族人采掘、培植、应用道地药材有悠久的历史，或谓之满医满药。清朝统一全国之后，逐渐以汉族文化为主流文化，所谓满医满药也就融进衍变为中医中药。青龙满族自治县是清朝入关后，朝廷最早派驻八旗军民人等居住集聚地区，满风汉渐，来自白山黑水间的采药行医风俗，积习流转，青龙得天时，占地利，成风气，理所当然。现在继承这个优势，壮大成一个产业，对农民当然大有好处。二〇一六年，全县中草药规模种植面积达五六万亩，外销日本、韩国，内走亳州、安国。地产药材，以燕山黄芪、都山党参（行内称都党）为最，药史有名。家植连翘、双花（连翘一名北迎春，春日早开慢谢，金黄连片，美

化效果极佳。双花即金银花，花呈黄、白两色，香气浓郁），药赏均宜，相沿成习。野生及培植参类或以参为名者有人参、党参、苦参、沙参、玄参、丹参等多种。杏则满山遍野，春赏花，夏采实，食药两用。病得药起死，农种药养家，当然都是“活人”之事。范成大《丙午新年六十一岁，俗谓之元命，作诗自祝》：“网蛛萦药裹，窦犬吠医人。”

九十五

配成苦药水，讨得辣价钱。
医道终人道，农家说有年。

注：中医中药是中国医药行当里人们心中的遗产和手中的法宝。前两句诗源于流传的口谑，在旧社会算是对医的讽刺，也包括有药的行情。今天商业活动市场行为中也还有它的影子。但农户植药养家，脱贫致富，与这两句谑语所包含的意思，可以说有连带而无关系。我们不妨借用那句被无数人说滥了甚至用反了的古语来比喻：男女授受不亲。

九十六

外人有意数鸡豚，村老苍颜一笑温。
欢喜客来留客住，酒都论碗肉论盆。

注：村语呼客人为外人。农村办事（婚丧嫁娶）看席面，席面好赖反映主家穷富。从前二席讲究“八碟八碗”或“六碟六碗”，桌上菜的数说得上“丰”，量却未必“盛”，比如压轴主菜“红（烧）方（块）肉”或“白方肉”，每客份内只有三块，客间可以推让，但肉数不会增加。席中客散，光盘净碗为常事。如今待客大都随吃随上，所谓“管够”。满俗呼“客来”为“qiě 来”（有时也说成“来 qiě”，大约有“暂且”之意，“且”音 qiě，如农村老年人走亲戚有“七十不留宿，八十不留饭”之说，为尽量缩短时间，少给人家添麻烦的意思），谐“起来”（家庭兴旺富裕）之意。

九十七

山洪檐溜味多谙，工作队来凿井潭。
进屋看缸出看窖，大瓢顺手抿清甘。

注：青龙草碾、三拨子、凉水河乡等靠近长城一线部分山村，掘井浅则无水，深则无力，祖辈饮水窖中所积夏潦檐雨者不少。在脱贫工作中，工作队帮助农户凿深井取净水，入口清冽，喜心可知。抿(kuǎi)水为村中口语，舀取之意。苏轼《汲江煎茶》："大瓢贮月归春瓮。"《过岭》："又试曹溪一勺甘。"

九十八

小村新路费安排，车自摇摇人自偕。
兀兀长城惊仰看，丹枫黄栎拥青崖。

注：长城为青龙南界。有城处山势多高险。城北山坡（习惯上称阴坡，尤益于松树生长）植被茂盛，松青枫赤，秋光五彩。

九十九

养猪种菜比乡邻，赶场卖鱼起早频。
儿女读书巴望眼，农家终岁乐茹辛。

注：赶场即赶集，入集贸市场。赶集无论买卖，都需早起（口语中说“起早”），占“天时地利”。曾文正公诫子弟言祖训“书蔬鱼猪”，流光抹电，陵谷变迁，今天看来，农家生活也不例外。

一〇〇

木兰菌业风光，银耳猴头擅场。
新有黄菇佐客，上桌尊老先尝。

注：祖山天女木兰花为青龙县花，稀罕娇贵，喜处高寒。位于娄杖子、青龙镇、茨榆山、木头凳几个乡镇的木兰、绿科、益朋、客援红几家菌业合作社，辐射周边，领军全县，推动脱贫，为全县菌业合作组织中的佼佼者。木兰菌业尤为突出。黄菇也称冻蘑，为从东北引进本地的新品种，颜色艳丽，口味鲜美。“上桌”等于说上或上得了台面（席面），也就是《儒林外史》里胡老爹上不得的“台盘”。

一〇一

黄茅白苇覆沙洲，河曲汪汪渜细流。
古水近来新面目，鸬鹚莛等雁啾啾。

注：滦河是河北东部的重要河流，古称渜（nuán）水，后改称滦河。青龙河是滦河的重要支流。河道左近湿地恢复，沼洼连片，草苇摇动，水鸟增多。

一〇二

六牲沾润胜栽禾，联手营生胜算多。
秋后能人圆海口，养牛取利倍鸡鹅。

注：政策及工作队扶持贫困户养殖，牛、羊、猪、鸡，各取所愿，联户入社者较散户饲养收益增多，但需有能人带动。

一〇三

病魔来有时，祛走药与医。
人人齐缴费，合作最相宜。
富家自踊跃，贫者事可期。
新政推佳境，大伙一盘棋。

注：农村农家生活的最薄弱环节当推医与药。因病致贫，因病返贫者不在少数。农村新型合作医疗制度是有病可医的基本保障，人人缴费是合作医疗取得成功的关键环节，今年缴费，明年报销，富者自愿，贫者政策兜底，一盘棋走活。

一〇四

河畔有人治井田，虑深请益及年年。
农闲不讲冬三月，沼里生莲水绉蓝。

注：过去讲“冬三月”为农闲季节。苏轼诗里有一个词“虑浅”，“卖牛纳税拆屋炊，虑浅不及明年饥”(《吴中田妇叹》)，讲的是古代农民剜肉补疮，迫不得已的情形。这里讲新时代新形势下，农家收获完毕，整田治井的事，也是扶贫工作的一项重要内容。及此，才有明年的面貌改观，也就是第四句诗里的景象。当然，句里的“莲”，不一定实有其事，只是古往今来人们心目中祥瑞的象征。

一〇五

雪覆千村及乱山，青龙起伏白龙间。
玉鳞张起腾飞势，开畅满乡万笑颜。

注：毛泽东同志词中所言“飞起玉龙三百万”（《念奴娇·昆仑》），“山舞银蛇，原驰蜡象”（《沁园春·雪》），说的是西北高原的雪景气势，更是中华民族龙图腾和龙文化最生动的象征。如果我们把这种壮阔的意境进行大胆地推移和小心地迻译，当然符合青龙这个由白山黑水间（满族源头）传递而来（满族自治县）以龙名县的山区大县、林业大县、农业大县、生态大县的冬天雪乡景象。

附录一

都山吟用钱钟书《新岁见萤火》韵

序

都山为燕山山脉第二高峰，青龙境内第一高峰。位于县境西北界。万顷松翠，一叠绿波。登顶见云裹裙腰，村庄芥豆，鸡犬阒声，恍如出世。摄影者踞其巅，于朝暾晚霞间，瞰群峰奔走，望长城内外，每得瑰奇影像。山顶阳坡有万古积石大片，号称“都山积雪”，为民间流传康熙所题“口外八景”之一。

县北有高峰，书史迹不少。
撑天富余力，矗地变寒燠。
山阳温肝膈，山阴爽怀抱。
亭午光灿灿，清夜星月皎。
向南挺万枝，向北伸百草。
天地佳造化，终古青未了。
客来视此山，仁智赖双保。

动有鹘掠空，一线升木杪。
静有云住岫，深处望杳杳。
千仞极峨峨，登临爬古道。
悬水溅飞沫，大木倾不倒。
入山步丁丁，出山心悄悄。
庄生齐物论，当用无大小。
须弥证雄壮，芥子探微眇。
都山一片石，积雪耀昏晓。

祖山昔游诗

序

余于十数年间多次游家乡名胜祖山，山骨棱棱，天青水碧，常搅动诗情文思。唯昔日诗文总觉文浮意浅。今于朝夕间成诗一组十首，用姜白石《昔游诗》之名，元遗山《九日读书山用陶诗露凄暄风息气清天旷明为韵赋十首》之韵，写祖山之山、水、花、石、春、夏、秋、冬、昔、今之境，虽为旧之收稍，愿成新的开头。

一

昔作祖山游，兀兀出庭户。
望之峨峨高，脚踏缀一步。
山如处子静，客似迷离兔。
忽攀青石壁，或倚绿松树。
筋力无穷尽，霜华滋雨露。

渐忘看山来，山与人如故。
梅妻移可比，和谐成永固。
太朴参造化，得法天之素。

二

山水总相连，积水成潭溪。
远瀑吐珠露，近雨挂虹霓。
傍山荣草木，百舌尽荫栖。
清凉招佳客，神思不推挤。
在山静浸石，出山动灌畦。
渡鸟疑飞偶，走兽遇奋蹄。
游鱼息空境，疲足净尘泥。
宁争河川走，固叟叹逝兮。

三

花事叹奇绝，幽人志本根。
刀嫁泥封处，棘樊并塍垣。
祖山花不老，漫漫山之尊。
杜鹃烧天势，锦带如军屯。
木兰清彻骨，杕窟雪为魂。

杂花映乔木，泠泠语寒暄。
早春入佳抱，炎夏息烦言。
穷秋犹粲粲，历历爱君扪。

注：欧阳修《洛阳牡丹记》对牡丹培植过程中之刀嫁泥封、硫薰棘罩等有生动的描写。

四

东坡爱异石，九峰翠扫空。
玲珑盆沼里，神驰健收功。
我数游老岭，情思便不同。
群石缀林海，浮没如沤翁。
得石非袖玩，块块垒于衷。
小石磨芥蒂，大石压穷通。
石藏苍山夏，石出秋山雄。
行巅走谷壑，与石俱顽童。

注：苏轼《壶中九华诗》："清溪电转失云峰，梦里犹惊翠扫空。五岭莫愁千嶂外，九华今在一壶中。"又《双石》："梦时良是觉时非，汲井埋盆固自痴。但

见玉峰横太白，便从鸟道绝峨眉。”极写从袖玩之事收神驰之功。

五

山于春有私，得春即得色。
足睡一朝醒，欣欣我不识。
霏霏雪初雨，藏山已无力。
土松阳气动，光转花不蓋。
散英连成片，朝夕分今昔。
登山观乎春，风为添来翼。
花境即山心，为偶春消息。
新我乘兴来，旧我成相忆。

六

烟云始缠绵，群峰示蓊蔚。
巍巍汤汤间，心眼与乐未？
微茫山水境，相知以为贵。
人亦风马牛，游览分泾渭。
会心不在远，沆瀣成一气。
登者胫脚健，脑力耗不费。

玩者怀旷荡，赏心滋品味。
观者身与化，自然生敬畏。

七

秋来必摇落，相见客心惊。
我看登临处，山水变其情。
春夏长劳负，譬牛暂歇耕。
山以子孙繁，生为天地荣。
水以多涵养，落为保梗茎。
天公不溃溃，万物总更生。
回黄复转绿，草木非愚氓。
汲汲长为者，何故不平鸣！

八

青龙多雪景，佳境亦堪传。
浪峰皱素白，村落谷行船。
蜿蜒致生动，骇马披银毡。
鼓风起吹舞，萧萧闹群巅。
祖山山之祖，百骏得头专。
远崖昂首举，近树密鬓骈。

雾凇千百挂，瓔珞琉璃悬。
荒寒观雪势，动静得山全。

注：元好问《范宽秦川图》：“乱山如马争欲前。”《颖亭》：“落日青山万马来。”

九

僧昔占山来，寺海探相望。
旭日涌浩渺，金光发毫相。
众生得熙熙，翠羽出青嶂。
云起忽陆沉，沧桑东海上。
云灭山复山，巨细竞不让。
蜉蝣寄天地，鲸鳌志相抗。
物各得其所，百争谐一旷。
问天转悠悠，道本归我忘。

注：元好问《九日读书山用陶诗露凄暄风息气清天旷明为韵赋十首》第九首：“云光见天半，旭日发毫相。”祖山有望海寺。

十

山雨洗苍翠，山月转幽明。
烟云聊过眼，一我何轻轻。
连绵亘久远，南风吹山平。
我来等一瞬，欢喜已根生。
同游三数子，笔墨结同盟。
周张王匡傅，摹画斗心兵。
与山成聚散，得证骨心清。
洗心未革面，归来发嘤鸣。

注：李贺《浩歌》：“南风吹山作平地。”

祖山雨后望秦皇岛诗十二首并呈乔海光先生

序

庚寅年早秋，与参加祖山兰亭中学书法艺术节的各位书法界人士同游祖山。值连日阴雨，骤然放晴，山泉树露，百物苏昌，流连处皆生意盎然。进望海禅寺，无意回首间见海上船泊赫然，一洗多年来立寺望海而不见之疑惑，始信古人信而有征，于事不诬。登最高峰天女亭，业已大晴，四望处天开地阔，海岳相依，群山万波堆翠，大海一素摊平，方圆百里内澄明透彻，景物翛然，无纤丝之隐翳，觉秋毫之可现。城近眼前，乡藏谷底，山中云走，海上帆来，动息间见天工人力之默契。都山远对，碣石近臣，寿山倚屏，长城挂带，近有流风扑面，吐纳清芬，远处日光斜露，涂金抹碧，飘飘间已觉置身大幅青绿铺障中央，栩然如化矣。乔海光先生，书画名家，所摹黄子久《富春山居图》，争能夺妙，平昔神交，今登山得遇，余诺作有声无形之什，诱其长卷，毫素间较造化之灵秀焉。

一

快雨经天复洗天，天公作意美幽燕。
放晴赶上山头望，滨海一城近眼前。

二

欲穷高眼上高亭，百里晴明眺一经。
斗翳纤尘都避世，吾乡不左楚天青。

三

白雨回头天乍晴，重山秋翠抵春明。
蒙蒙日脚泼空处，西向长安一笑轻。

四

万山环侍列层层，奔马扬驼惯比称。
未若佳人凌水出，横流渤瀣一时凝。

五

水天一色灭涛头，海上艨艟列半周。

可笑名城小于掌，寿山碣石两肩头。

六

比肩邻壑起潺湲，百窦流汁未瘦山。
枝叶正肥天未老，未甘节季转连环。

七

瀑飞虹起势难安，虎露狐藏各尽欢。
一吐贮胸盘石语，乘风我欲拓心宽。

八

雨计从云亦养云，与峰为冠岭为裙。
今朝一展清华样，山肉水脂纵八分。

九

峰侧岭横久例言，靠屏倚背亦篱藩。
入山犄角转弯处，桃李春秋户万门。

十

纵横青绿耐高看，不必李家续命丹。

金碧一方佳景致，天工人力两盘盘。

十一

娉婷画手恣观山，子久流风今未悭。
洗尽烟云遮眼处，鸟鸣一线去关关。

十二

海上灵光世最殊，照君琏器碧珊瑚。
华翰带水咚咚写，著我凌空大笑图。

起河吟题杨梅画卷

序

杨梅女士为梅墨生先生的得意弟子。十数年间揣摩古人画境，饱览山川灵秀，得师之意而传师之道，胸臆间画意沛然涌出．绵绵中有书卷气。于家乡山水尤为钟爱，今作《起河图》长卷，观者叹起。余甫参加工作时，每醉心于田园兴味、水态山容，于青龙六河之第二者起河岸边蹀躞吟读，几无日不到。迄今逾一世。风光未老，人事流转，乡风感怀，托杨梅卷中放出矣。

一

河岸景光恬亦妍，人家依树种收田。
乡风瓜蔓绵绵是，旧梦勾回三十年。

二

剪树擘枝过上元，牛耕驴驮日频繁。
水肥最是多情物，发种催花百不烦。

三

大石崩奔沙裹前，波能腾笑浪田田。
千沟万壑都争出，起水年年骤一川。

四

秋果秋花总灿颜，庄头相望影青山。
潺潺不断长流水，曲岸盘涡百折还。

五

雪银围处岭峰寒，结水成冰河更宽。
游鸟游人浑作兴，引朋呼伴过前滩。

南山公园歌

序

二〇〇七年，县政府始建青龙县城南山公园。松海浮亭，石径盘旋。日出有群山叠翠，云起则岩谷幽暝。游人不绝，老幼提携，兴起登山，不问早晚。入山而身心舒泰，回家仍胸臆清凉。实百姓休息锻炼之佳境，社会和谐稳定之一斑也。

晨望南山近，紫气浮青邱。
山廓愈明细，霞片抹峰尤。
曲屏图峦壁，卧龙蟠城周。
天工真老手，随处工雕镂。
曩昔走名山，家山竟不投。
行脚半天下，忽忽抿白头。
今始上苍屏，散漫未先谋。

皮鞋踏石蹬，玉阶颇优游。
渐有登高兴，竟无荦确忧。
入山觉清净，促息转轻柔。
间或友飞鸟，扑籁发婴喉。
一动破山静，折响山不收。
曲径通峻坂，白日穿林陬。
连缀亭如寺，隐约亦起伏。
筋力穷高台，亭翼风嗖嗖。
回望讶平远，寄身如微蜉。
廓然清无物，渣滓未胸留。
西北彤云起，浓墨急东流。
大雨一二点，千竿散飞矛。
四山注雨力，轰响春如讴。
烂漫帘不卷，得意为雨囚。
借雨观山势，群动顶一牛。
借亭会雨计，百虑息绸缪。
亭雨非我有，借山以为俦。
雨过山增翠，碧浪簇巅浮。
红阳例普照，山腹藏其幽。
明灭鸟一线，寂响潭几沤。

嗒然沸神思，冥想制不休。
白云随起灭，出隐峰驰骝。
腾飞总人愿，近前知无由。
忽闻人语响，遐思斩瘿瘤。
络绎来游者，点首递青眸。
可人随招呼，谈笑杂歌酬。
长松扶余醉，小草避众蹂。
健身复健脑，散疲更散愁。
清泠风露里，盛夏僭初秋。
炎炎城中客，小憩得凉偷。
暮霭沾松露，新月升镰钩。
一城亮灯火，几树呼巢鸠。
山中已一日，还家步还留。
昨未与山约，迟到宜其羞。
明更返山来，山岂三日候。
登山胜格竹，道我复何求！

注：1. 林逋《乘公桥作》："巨然名画在屏风。"钱钟书《松堂小憩同绛》："拥立苍官似列屏。"

2. 元好问《游龙山》："更信造物工雕锼。"

3. 韩愈《山石》："山石荦确行径微。"

4. 欧阳修《啼鸟》："黄鹂颜色已可爱，舌端哑咤如娇婴。"范成大《竹下》："秋莺尚娇姹。"元好问《赠莺》："独爱黄栗留，娅姹如稚女。"

5. 欧阳修《醉翁亭记》："峰回路转，有亭翼然。"范成大《回黄坦》："回望讶平远，浩荡供醉目。"

6. 李日华《竹懒论画》："乃知点墨落纸，大非细事，必须胸中廓然无一物，然后烟云秀色，与天地生生之气自然凑泊，笔下幻出奇诡。"

7. 元好问《张主簿草堂赋大雨》："忽惊银箭四山飞。"

8. 庾信《枯树赋》："载瘿衔瘤。"

9. 陈师道《寄黄元》："俗子推不去，可人费招呼。"

10. 辛弃疾《西江月·遣兴》："昨夜松边醉倒，问松'我醉何如'？只疑松动要来扶，以手推松曰'去'！"李弥逊《云门道中晚步》："醉扶白叟杖青藜。"

11. 元好问《台山杂咏》："大地嗷嗷困炎暑。"

12.《诗经·召南·鹊巢》："维鹊有巢，维鸠居之。"古语："天欲雨，鸠逐妇。天既雨，鸠呼妇。"

13. 王阳明"格竹"七日而病。钱钟书《窗外丛竹》："不堪相对三朝格。"

附录二

扶贫感言

短短两年，时光荏苒。我选择到青龙挂职蹲点的那一刻起，就暗下决心：在其位就要谋其政、负其责，一旦选择就要担当，要干到底。来到龙潭，来到青龙，是对旧我的挑战，更是对自己潜能的发掘，是在安逸中重新奋起，是在疲惫中得到满足，是在清苦、寂寞中收获着宁静充实，更是从社会这本无字之书中学习。知人者智，自知者明。两年的驻村生活，学科技、懂政策、知稼穑、熟乡情，帮贫困户在生活上脱贫，也是帮我自己在认识上脱贫。学习要趁早，年轻要奋斗，机会要珍惜。珍惜源于热爱，有所争取就要有所放弃。我深知，今后需要面临的选择和困惑也会很多很多，而有了两年驻村经历的我，更有勇气去直面种种，也更有信心能够战而胜之！

教育部驻青龙龙潭村第一书记

董振华

2016年2月至2017年3月，我和李伟强、郭晓伟两位同志来到青龙满族自治县干沟村扶贫，回想起那段岁月，仿佛就发生在昨天，是值得留念的。一年多的时间，和山沟里的乡亲们同甘共苦，同干一件事，同圆一个梦。干沟村变了，乡亲们走出贫困，我也收获了充实、满足、欣喜、成熟，乡亲们的热情、勤劳、朴实、善良深深感染了我、教育了我。感谢三百多个日日夜夜同吃同住同劳动永生难忘的乡亲们！

河北省委宣传部驻青龙干沟村第一书记

赵鸿颇

到2020年，还剩短短三年的时间，要做到“脱真贫、真脱贫”，为了“确保在全面建成小康社会的道路上不落一户、不落一人”，我们在脱贫一线辛苦奋战的兄弟姐妹们，诚心诚意想干事、能干事、干成事的同志们，还须再下一番“绣花”功夫，摸清贫困之根，号准贫困之脉，对症下药，精准施策，按照总书记“撸起袖子加油干”的要求，做一名新时代扶贫路上的“实干家”。

秦皇岛市体育局驻青龙朱村子村第一书记

孙　娟

改善基础设施条件，保护好生态环境，合理开发资源，让村子有个不小的变化，这并不是扶贫工作最难的事情。难的是在千差万别中，带领百姓闯出一条路子，开辟一条渠道，让每一人都有稳定的经济收入来源，享受最基本的保障，在此基础上，丰富精神生活，提升生活质量，这才是我们扶贫工作的初心。脱去贫困奔小康路上的乡亲们需要的是明白、干事、贴心、忘我的领路人，我们情愿做这个领路人，我们也一定能做好这个领路人。

秦皇岛市公安局驻青龙蛮子地村第一书记

刘中华

暂把山水重安排　敢叫龙潭换新颜

董振华

董振华，中共党员，兰州大学马克思主义理论与思想政治教育专业毕业，法学硕士学位。2003 年参加工作，教育部职业教育与成人教育司综合改革处副处长、团支部书记，2015 年 9 月—2017 年 8 月，任河北省秦皇岛市青龙满族自治县青龙镇龙潭村党支部第一书记。

青龙，从两年前开始，于我有着截然不同的意义。2015 年 9 月前，她是一个普通的地名，我知之甚少。两年后的今天，她是我的第二故乡，我魂牵梦萦。在青龙工作的两年，是令人激情燃烧的岁月，是我人生的宝贵财富，也是我生命中最美好的一段回忆……

初到龙潭：地头、炕头和心头

2015 年 9 月，我初来青龙，记得从北京出发折向东北，一路驱车 5 个多小时，两侧的风景从高楼大厦到市井小镇，再到险峻的群山、崎岖的道路，当我们一行到了县城稍事休息后，一路奔行到大山深处来到村里的时候，看到的是莽莽燕山、幽幽紫塞，看到的是郁郁葱葱的原始次生林，我想这里就是我的扶贫梦开始的地方。当时正是农忙的时候，我便和群众同吃同住同劳动，与秦皇岛市交通局驻村工作组的同志们一起主动帮房东干起了农活儿。入村伊始，开始走家串户、访贫问苦，田埂边、炕头上，一点一点摸清了村情为“三区”：山区、老区、贫困区。根据经济收入、居住条件、日常生活，我将群众分成三类农户：致富户、脱贫户、贫困户。村子贫困有三大原因：一是山大沟深，交通不便；二是生产粗放，难入市场；三是观念保守，基础较差。同时也有三大亮点：一是资源亮点，这里生态环境好，山场林地多，历史文化深，发展潜力大；二是产业亮点，目前农家乐、特色种植养殖、绿色食品等已经起步并初见成效；三是帮扶合力，市里实施了组团扶贫战略。

很快，我就感觉自己成了龙潭村的一分子，群众就是自己的叔伯长辈、兄弟姐妹，我把自己当成村里人，村里的老百姓也就把我当成了自家人。有的同志打趣说："你融入很快啊，现在走到哪都是'我们龙潭'。"我也笑着说："以后就是'咱们龙潭'。"

看准了就一张蓝图干到底
不怕摸着石头过河

要当老师，先当学生。对没有多少农村工作经验的我而言，第一书记培训班就是一场及时雨，再结合先后多次前往北戴河、昌黎、抚宁等周边地区考察的思考体会，关于村子发展的思路在头脑中慢慢成型。

"脱贫致富，不能没有顶层设计。我们制定发展规划，一定要实事求是、因地制宜，要尊重规律、相信群众，决不搞形象工程、花架子。"在与市交通局驻村工作组、市人大驻村工作组、村两委班子集体研究后，进一步明确了龙潭村以美丽乡村为契机，以打造融特色林果、特色养殖、生态旅游、健康养老等为一体的农旅综合体为主轴，通过供给侧发力延长产业链和价值链，通过内引外联有效整合资源争取资源，在经济下行压力和地方产业转型中确保如期实现一年精准脱贫、三年全面小康的目标，此目标得到大家一致赞成。

“看准了就一张蓝图干到底，具体做起来则是要摸着石头过河。”为了推进美丽乡村建设，我与市交通局驻村工作组和广大村民共同奋战在施工第一线，克服资金紧张等困难集中冲刺，推动完成了河道清淤、拦水筑坝、道路桥梁、电路改造、移动基站、旅游设施、文体器材、垃圾清理、厕所改造、污水处理、秸秆处理、饮水工程、村庄绿化、文化墙、村史馆等各类建设项目 40 个，总投入超过 800 万元。

5.2 公里道路硬化全部完成；包括 4 条拦水坝、2 道拦沙坝在内的亲水平台全面竣工；完成 2 公里长的河道整治，清理河道垃圾和积沙淤石 30000 多立方米；修建河堤护坡、护坝 3000 余立方米；修建文化墙 500 余平方米；种植绿化树木 5000 株、花草 400 多平方米；解决 200 多人安全吃水问题；新建“双瓮”式厕所 170 多个；从大石沟到柳条沟的 6.4 公里的“天路”路基建设基本完工。在资金最紧张的日子里，为了不让项目停工，和村两委班子东挪西借跑资金，村两委班子个人垫资近 150 万元，保证了工程如期完成。在工程最紧张的日子里，盯在工程第一线，组织党员和村民代表沿着河沟和道路沿线清理垃圾和卫生死角，晚上挨家挨户地做工作，帮助老弱病残户清理房前屋后的环境卫生。终于，整洁有序的龙潭村顺利通过验收，被确定为全省百个省级美丽乡村之一。在护林防火形势最严峻的日子里，我们连续两个多月没怎么离开村里，每天早出晚归上山巡查火险隐患，向村民和游客宣传防火知识，亲自督促落实防火各项措施，确保村里没有发生大的火情。

在建设过程中，涉及近百户群众的门前改造、院墙拆除等切身利益，问题十分棘手。为了解决这个难题，村两委研究决定实行包户制度，即两委干部、党员和群众代表分包自己熟悉的群众，一户一户去做工作，拆都是先从两委干部和党员自家和亲戚家开始拆。其中，近百户群众需要拆除自家的厕所、院墙或占用他们的土地，通过深入细致的工作，在整个过程中没有一户要过补偿，没有一户阻挠过施工。这件事也给我上了难忘的一课：只要党员干部带头，群众被发动起来，有啥难事大家一起上，再难的事也不是事！

发展产业项目　做强集体经济
“拔掉龙潭的穷根子”

根据资源优势、产业基础和市场需求，按照长短结合、因地制宜的原则，我们确定了突出打造三大产业项目。

一是木耳栽培，采取“村集体+合作社+公司

+ 研究所 + 贫困户”的形式，一期试验栽培 15 万棒伏（木）耳，二期栽培 50 万棒秋（木）耳、榆黄菇等，建设 100 万棒规模的菌棒厂和基地，效益良好。

二是特色种植养殖项目。村里组织村民以眼子山种植合作社为基础，新种植果树 500 亩。同时，结合村里的自然条件和历史基础，以泽琦绿色畜牧养殖合作社为基础，一个有扶贫羊、鹿、鸸鹋、野鸡、孔雀等近百只（头）规模化集约化绿色养殖基地初具规模。

三是生态旅游开发项目。这是全村增收致富全面小康的主导产业。经过改造升级，目前村里“生态谷—梦里水乡—龙潭—大院”一线已具备日均 300 人的接待能力，确立“杏花春海”“龙潭飞瀑”“五指挺秀”“老子问天”等 16 处特色景点，推出龙潭红色、生态、古树、奇石、生态“五环游”。通过招商引资，同北京金季乐畅旅游投资开发有限公司合作建设高山滑道漂流，合同投资额 3000 万元以上，列入市招商办重点支持项目。

要做好事关全村发展的重大工程，也要带着真感情去帮扶村里的困难户，每逢七一、教师节、春节，以及村民参军、升学、老人去世等，两委班子上门慰问，把党和政府的关怀送到了贫困户的手头和心头。此外，通过护林防火、村内治安、卫生保洁等公益性岗位解决贫困户脱贫问题，再加上社保兜底，龙潭村将在不远的将来彻底脱贫摘帽，迈上全面小康之路。

说起来，种木耳、养羊、种树这些事我以前都不懂，都是到了村里遇事不懂就学，逢人就问，一点点学来的。

强基抓党建　治贫先治愚
探索教育扶贫新机制

精准脱贫，教育先行。自 1985 年起，教育部就通过支教、挂职、项目帮助青龙发展。一年来，多次协助县里与部里对接定点扶贫，教育部 30 余人次先后来县里慰问调研。促成了全国电子商务行指委电商发展重点支持县落户青龙，北京市商业学校、天津机电职业技术学院、秦皇岛职业技术学院等与县职教中心签署合作协议，探索以职教为桥梁，用好集团化办学优势，整合行业企业资源，变教育脱贫单练为五个一批的扶贫组合拳。

“群雁高飞头雁领”，“打铁还需自身硬”。作为第一书记，我把加强基层组织建设、打造一支组织管事、有人办事、有章理事的服务型两委班子作为决定龙潭长远发展的第一要务。以村两委班子建设为核心，加强村级后备干部、致富带头人、回村创业大学生三支队伍建设，培养后备干部3人，入党申请6人，发展对象2人，入党积极分子3人。以“两学一做”常态化为契机，通过评选“六星党员”、“共产党员户”挂牌、党员志愿者村内卫生分片保洁等，强化党员意识。完善了村内党务、财务、项目、用工等制度、机制和流程，实现党务村务公开，重大事项都召开党员和村民代表大会。在工作中，团结村两委班子和谐共事，做到大事讲原则，小事讲风格，心往一处想，劲往一处使。

村里建成了“龙潭人民抗日事迹陈列馆暨村史馆”，被确定为市级“爱国主义教育和红色旅游基地”。建设了两个小广场，县里捐赠了一批文体器材和健身设施，请来市里小海燕评剧团进村演出，市内医疗卫生专家组赴龙潭村为村民义务诊病。积极联系中国教育报社、中国教育电视台、新华社河北分社、河北卫视等媒体单位派人到村采访，报道村里的好人好事，参加过三大战役和抗美援朝的91岁老英雄许如春、身患白血病12年仍十年如一日照顾本村81岁孤寡老人的王春青，经过媒体报道后引发了强烈反响。

短短的两年，结下了一生的情谊。临行时，我仍在思考一些问题，比如帮助群众越过贫困线，主要解决了绝对贫困的问题，但随着绝对贫困的解决，相对贫困日益凸显，如何帮助贫困群众稳定脱贫、稳步致富，提高群众幸福感、获得感，避免村内贫富差距过大，也是需要直面的问题，道路长且艰。

唯愿龙潭脱贫，青龙腾飞！

巾帼足音亦铿锵

——记驻朱杖子村扶贫工作组长孙娟

张保学

孙娟，中共党员，河北经贸大学理财学专业毕业，研究生学历。2002年参加工作，秦皇岛市体育局计财科科长，2016年2月至今，任河北省秦皇岛市青龙满族自治县朱杖子乡朱杖子村党支部第一书记。

闻说秦皇岛市体育局驻青龙满族自治县朱杖子乡朱杖子村的扶贫工作组组长孙娟，在“十三五”精准扶贫工作上成绩斐然，为百姓做了不少看得见摸得着的实实在在的好事，令人敬佩，于是产生了一访这位巾帼豪杰的念头。

弱肩担大任

2017年12月18日，同县相关局的一位同志驱车赶往孙娟的扶贫村——朱杖子村驶去。车上我暗自琢磨，这个不同凡响的孙娟，定是位阅历颇深、老成持重、50岁上下的女强人。可是一下车，发现自己错了，面前的孙娟是个中等个头、身材苗条、面容姣好的年轻美女，看上去也就是30岁左右的芳龄，文静中透着精明，也很健谈。当下我想，把扶贫这么重的担子压在这么瘦弱的肩上，是不是有些……

无独有偶，孙娟刚入驻时，村里多数百姓对这位来自城市的扶贫年轻女书记大失所望，甚至还有人说："咋还派个女干部当组长？""一个生长在城市里的年轻女子来咱这穷山沟？看那身子骨吧，细皮嫩肉的，能干啥？恐怕连高粱谷子都认不全。"

说到这个问题时，扶贫工作组队员许朝说："可不是大家说的那样，我们的队长看似年轻瘦弱，但她可是铁骨铮铮的女强人，是我们体育局计财科科长，工作能力强，有魄力，是我们局最有闯劲儿、永不服输的人。局领导派她来当这个扶贫组长是经过班子会讨论的，共同认为她最胜任。她来到村里，一心扑在工作上，经常为了工作忙到零点以后，在她的努力和带动下，我们工作组干劲十足，做成了一些事儿，也得到了百姓的赞誉。"

是的，一年半多时间，事实证明她虽然还年轻，身体很瘦弱，但她能担得起扶贫攻坚的大任，在精准扶贫工作的道路上越来越凸显其非凡的工作能力，充分证明了她所在单位领导把精准扶贫工作重担子压在她肩上是正确的，弱肩担得起大任。

扶贫先扶智

2016 年的初春时节，孙娟带着两名队员来到扶贫点伊始，长城口外的青龙还是冰天雪地，但孙娟与她的队友们克服条件差的困难，立即投入工作中，对全村 206 户贫困户进行了挨家走访，了解村民的心声和贫困的原因，建档立卡。经过走访，孙娟了解到，村民贫困的主要原因是：除自然条件和基础差外，重要的是，群众的文化、思想观念、眼界、接受新事物的能力等方面都很差，说到底就是综合素质问题。

问题摸透了，也就知道从哪儿下手了。中央强调扶贫先扶智，本村亦然。

首先，要先提高村班子的整体素质和执政水平，发挥党组织的战斗堡垒作用，坚持以“两学一做”为主导的政治学习教育活动，每个星期都组织学习和讨论。同时，积极发展党员，壮大党组织力量，孙娟和村党支部一道，发展党员一名、入党积极分子两名，使党组织增添了新鲜血液。

为使村里的干部、群众的思想观念得到解放，视野得到拓展，孙娟多次带领村干部、村民代表、村内较有头脑的致富能人外出学习考察，先后到犁湾河制帽园区、河北科技师范学院、河北果树研究所、邯郸武安家织布基地、秦皇岛市开发区油用牡丹基地、江苏省苏州市吴江区盛泽镇、龙潭村（县内）等地参观学习。通过学习外地先进经验和直接观摩优秀产业项目，使这部分人脑洞大开，当时就有人说："看到别人的，才知道自己不足，回去后一定要脚踏实地地谋划上项目，大干一番。"

俗话说："知不足而后进。"孙娟以走出去的方法，做到了扶贫先扶智，提升了村班子、村民代表的内生动力，为村里的谋划产业上项目创造了坚实的基础。

为了从根本上治愚强智，他们从强教育入手。孙娟联系到共青团中央北戴河培训基地和中国下一代教育基金会，为村里捐赠 2000 册价值近 6 万元的小学教育装备用书；筹措资金修建村文体广场和村民活动中心，配备价值 5 万元的文体器材；所在单位也为乡中心校赠送价值 1.5 万元的体育教育器材。这给小村增添了书香和文化韵味。

农民变工人

入村后，孙娟和她的工作组把目光放在传统大农业上。2016 年春季干旱无雨，他们带领群众实施了引水上山工程，及时解决了 500 多亩板栗浇灌问题；2017 年继续引水上山工程 15 处，全村成型果园浇灌全覆盖。新建两座 200 吨和 50 吨保鲜果库，实现了错季销售果品的梦想。新增板栗园 400 亩；新建占地 50 亩的葫芦种植示范基地；新建存栏 2000 只养羊场。

孙娟在扶贫工作中，虽然做了不少工作，使农业项目有了很大的改变，但她仍觉得这不是脱贫致富的最佳途径，人均不足 0.8 亩的耕地，折腾出花儿来，能有多少收入？怎样才能彻底摆脱贫困呢？她想起了一句老话："因贫求富，农不如工，工不如商……"对，只有经商办企业，才能实现脱贫致富。邯郸武安淑芳家纺公司有着 20 多年手工家织布经营史，她千方百计引进了这个项目，筹措资金购买了 30 台织布机，解决了 30 名贫困妇女就业。之后，她又与本乡春侠制花厂合作，发展家庭手工粘花项目，带动 30 户稳定就业。

12 月 18 日，我们有幸到坐落在朱杖子村的河北恒茂纺织有限公司参观，高大的厂房，非常壮观，淡定内敛的公司老总周刚热情接待了我们，走进车间，里边的操作间是上下两层，织布工在上面，周总介绍：现在织的是隐条细布，是他自己的专利产品，专利特点是隐条细布，立织，机外打卷。现有织布机98台，到年底增加到188台，现在日生产5吨布匹，年底达到日生产10吨，解决100多人就业。

“引进这个项目颇费一些周折呢！”孙娟如是说。原来她在和乡亲们闲谈中得到一个消息，江苏吴江瑞桥纺织有限公司的老总是本县马圈子镇人，是个多年在南方闯荡的成功人士，想回家乡再创业回报桑梓。孙娟得知后，马上想办法取得联系，邀请老总周刚到朱杖子村考察，原来周刚想的是在马圈子镇范围建厂，孙娟诚恳地为企业未来发展考虑，从惠及面、地域优劣上做比较，她的坚定、热忱感动了周刚，最后终于在朱杖子村投资建厂。可是在筹建当中，对燃气锅炉又有要求，这也是孙娟智慧攻关、费尽周折才得以解决的（织布工艺中需要用较高发热量的锅炉对原料进行前期加工，而青龙特别是朱杖子村又不具备这一条件，孙娟巧妙地利用了海港区热电厂的余热资源，将初加工环节设置在异地）。这个项目在北方同行业中属很大的项目，一期投资3000万元，预计年产值1亿元，利税200万元；二期计划投资1亿元，将吸纳南方多家公司参与，目标是将朱杖子村打造成北方较大的坯布生产基地。

现在朱杖子村部分地地道道的农民，成为月月挣工资的产业工人。正在家织布机上操作的近70岁的老人李月莲激动地说："没想到，我这干了一辈子农活的人，到老还能当上工人，挣上了工资！感谢扶贫工作组，感谢孙组长啊！"

与百姓贴心

"妈妈，还不回家呀？我想妈妈了！"这是孙娟的儿子在电话里的呼声。孙娟的儿子正在上小学，可是她一心扑在扶贫工作上，为孩子做饭顾不上，上学送不上，有病管不上，当她看到儿子不断退步的考试成绩，也非常内疚。当谈及孩子时，她眼圈红了，眼泪在眼眶里打着圈，不无愧疚、微带哽咽地说："时光是不能复制的，学习是关乎孩子一辈子的大事，我觉得对不起儿子，但在与扶贫工作相衡量的天平上，我就不想了，我必须舍小家顾大家，全力扶贫，快乐扶贫，与贫困群众心贴心。"

她是这样说，也是这样做的。孙娟刚进村，见村民吃、穿和看病都很困难，得到局领导的支持，与贫困户结成帮扶机制，为特困户捐赠了价值 4 万多元的衣物和 4 万元的米、面、油等，还组织医疗单位为村民义诊，为重症病人发放价值 2 万元的药品。就在采访当日，她刚召开完村民代表会，决定用村集体收入为非建档立卡贫困户以外的 60 岁以上老人和 16 岁以下的少年儿童，报销新农合费用，每人 180 元，真正做到了小有教，老有靠，病有报。和她一道开会的女宣传部长讲，这次代表会，孙书记一番推心置腹的话，一颗全心全意为民的心，数度感动村民，许多人不禁热泪盈眶！

是啊，村民不会忘记，2016 年 7 月的一天，天降大雨，村民的 3 万多斤西瓜全泡在水里，有谁比村民更着急？孙娟。她发微信朋友圈求助，得到大家的支持，组织了义卖活动，使受灾的西瓜全部出售，挽回经济损失 4 万余元。村民不会忘记，2016 年春节前，村民家里的 200 多头年猪无人问津，孙组长从宣传、联系客户、定制包装到装车送货，一直忙到大年三十的下午才回市里过大年。村民不会忘记，村里贫困户的孩子罹患脑瘤无钱救治，仍然是她呼吁筹款集资了 15 万元，挽救了孩子的生命！

孙娟和她的工作组，经过一年多的艰辛刻苦的努力，朱杖子村日新月异地变化着，已经有 188 户 509 口人摘掉了贫困帽子；村里的人均收入从 2736 元增长到 3730 元。在整个精准扶贫过程中，孙娟每天都在书写着无怨无悔的伟大事业，演绎着不平凡的人生！

扶贫记忆

——驻三拨子乡蛮子地村工作组的一天

党慧鑫

青龙三拨子乡蛮子地村，是秦皇岛市公安局的驻点儿帮扶村。帮扶工作组成员分别是王洪，第一期驻村第一书记，市公安局副调研员，曾获脱贫攻坚建功立业标兵称号；刘中华，接替王洪同志担任第二期驻村第一书记，市公安局交警支队副支队长，全国先进工作者；李开太，工作组成员，市公安局强制戒毒所政委，曾获三等功；张维民，工作组成员，市公安局交警支队六大队副大队长，曾获三等功。

初冬的早晨，阳光软软地照在薄雾蒙蒙的群山之中，沟沟岔岔的山坳里，人家散落。远近几缕炊烟，晨烟中三三两两的庄稼人，进出院子，走过邻家，步子缓慢而悠闲，耳边不时传来孩子们玩耍的笑声。按照传统习惯，进入冬三月，就到了农闲季节，农家开始“猫冬”，大部分人家开始吃两顿饭。人们变得懒散，串门儿，聊天，靠墙根儿曝背，讲家长里短……山坡上收获过的田野，干净整齐，安详沉静，像忙碌了大半年的人们，得了空闲。

这里是河北省青龙满族自治县三拨子乡蛮子地村，被山顶的古长城蜿蜒怀抱的小小村落，位于青龙县境西南角。是省级非物质文化遗产“猴打棒”的传承和保护基地，由满族民众熟悉的萨满文化演绎而来的传统民间文艺节目，在中央电视台播出后，闻名遐迩。村里有六个自然片儿，人们分散又集中地居住在这片古老的土地上，无论在村中的任何地方，目之所及，除了新旧不一的房屋，深深浅浅的沟岔，高矮参差的树木，几乎没有大块平整的土地，一层层弯转的梯田，窄小瘦长的地块儿，古朴恬静。县之边界有如国之蛮荒，不知是否真的有传说中的南蛮子来过，反正就叫蛮子地村。

村子距县城150多公里，人均耕地面积只有0.67亩，村民的主要收入来源是传统农业，种植养殖，土地刨食。村里大部分年轻人都选择外出打工赚钱，糊口养家。老弱病残、妇女儿童留守。

党中央提出彻底解决三农问题，扶贫脱贫，共同奔向小康，大家当然高兴。风气变了。工作组说来就来。这不，秦皇岛市公安局派出的三位同志组成的队伍，很快就来到村里，一站就是两年，每天都忙活村里的事情。

一大早，几位又来到村里最困难的贫困户之一宋大娘家，宋大娘今年 65 岁，老伴儿 10 年前得了脑出血，一直瘫痪在炕上。没得病之前，老伴儿是党员，觉悟高，能干，村里家里干活办事儿都是能手。一得了这病，家里简直变了天。这些年为了给老伴儿治病，欠下了十多万元的外债，只能靠大儿子外出打工凑合着还钱。当院四敞大开，院墙都没垒上，看着别人家日子过得整整齐齐的，这盼望中的院墙就成了宋大娘的一块儿心病。儿子不在家，老伴儿瘫在炕上，自己干着急。工作组了解到这一情况后，多次去宋大娘家，左比右看，拉家常，问生计，商量如何帮着把院墙盘上。关键是筹钱。还好，钱筹措得差不多了，这几天就帮宋大娘把院墙垒上。

院墙有了着落，宋大娘心里一块大石头落了地，张罗着留工作组的几位同志吃顿饭，说着话就要去前院喊侄媳妇儿过来帮忙做饭。听说他们还得去别的五保户和贫困户家里，不能在家里吃饭，大娘淌抹着眼泪，拽着他们说："这来了一回又一回的，给我栗树苗，给我买羊让我养，这回又来给我盘院墙，帮我解决了多少难题啊。咱们非亲非故的，我这心里感激，咋就不能吃顿饭呢？""咋能说不亲呢？我们工作组就是和乡亲们结亲戚来了。等大家都过上好生活，我们一准儿回来吃饭。”

要想干成事儿，就得弄清事儿，工作组在村里的一个重要任务就是走访。走访的过程中，路过谁家都要打声招呼，赶上饭口，主人就要留饭。工作组按规定要自己开伙做饭，对村民的诚心留请，只好一一婉拒。老百姓对这种“规矩”当然不认可。碰到个别直性的妇女，就要抱怨两句：“整天见你们忙忙忙，吃顿饭能耽误你们多大事情？”吃饭事小，工作组的同志想着五保户娄海停岁数大了，孤身一人，家里的窗户还是纸糊的，老人家里光线不好，该想个办法换个铝合金的，安上玻璃，那就敞亮了！

中午回到驻地，肚子已经咕咕叫了，张维民赶紧洗手，下厨，做菜，炒勺颠得有模有样，外人一看还着实佩服。刘中华忙着在笔记本上记完上午在村里想到、看到、办到的杂七杂八的事项，赶紧拾掇碗筷。几位边吃边说，赶紧吃一口，下午还有下午的事儿呢。一边吃着饭，张维民、刘中华感觉组里最年长的李大哥情绪不高，细问几句才知道，李大哥被市局派来驻村帮扶一年多了，考虑到明年就退休了，本来是要换个年轻一点儿的同志过来接替他的工作，但是李大哥跟局里沟通说，他在村里时间长了，了解村里的情况，换个人还得重新熟悉，自己再坚持坚持。可是李大嫂不高兴了，几次嘟囔着，成年累月的，天天不着家，吃在村里，住在村里，还想不想自己这个家了？她嘴上这么说，其实是担心李大哥驻村艰苦，身体吃不消。闹了几次别扭。两位同事安慰着李大哥，嫂子也是好心，其实谁的家属都有怨言，只不过没说出来罢了，别往心里去。说着话，乡政府的电话打来了，通知下午有督导组来检查工作。刘中华说：“正好，这好几项工作等着县里协调呢。”

抓着督导组没来的空儿，工作组又赶去低保户娄玉顺家，他家养了二十几只羊，四散在院子里，眼瞅着冬天就要来了，工作组想把他家的羊圈赶紧建起来。又跟娄玉顺商量，这羊圈有着落了，你家这个窗户也得换换玻璃，省得冬天漏风挨冻的，咱们再想想办法。娄玉顺高兴地说：“那敢情好，敢情好！”

娄玉顺家住在村子的最西头儿。门外是经工作组协调各方面找来 80 万元刚刚修好的水泥路，全长 3.9 公里，连接着全村 6 个自然片儿 13 个村民小组，一直通到古长城脚下。望着这条路，工作组又找村里商量，再去哪儿想想办法，修个停车场，这样旅游的人越来越多，一家人自驾，朋友们野游，就有地方停车了。来的人多了，乡亲们卖点农特产品、山珍野菜、家鸡蛋什么的，再加上服装厂的工资，光伏电站的分红，乡亲们这日子就不愁了。

说着话，又到了村民王玉宝家，看看他家还有什么困难。王玉宝家里有四口人，妻子是智障，生活不能自理，70 多岁的老母亲是聋哑人，5 岁的女儿在上幼儿园，长期住在低矮破旧的危房里，没有能力翻建。提起他家的难处，村里人没有不摇头的。工作组进村之后，按要求精准扶贫，王玉宝被确定为重点帮扶对象，工作组和村“两委”班子积极在思想上启发鼓励他，在生活上帮扶他。去年夏天，王玉宝家的危房推倒了，靠山根建起了四间簇新的砖房，阳光照耀，暖和明亮。新房有了，生活也充满了新的希望。村里又让他当上防火护林员。漫山遍野地转悠，心里想着“猴打棒”这项祖辈遗产，自己作为传承人，还得收拾起来，到小学里多给孩子们传授传授。

山里落日早，下午 4 点半左右，太阳光就渐渐斜下去了。谁家去了？谁家没去？谁家还有啥着急事儿呢？晚饭后再去看一下，哪块儿的电线杆得挪一挪，哪里需要挖一口井……明天专家来给村民讲解板栗栽植技术，后天市局机关的同志们还要过来慰问重点贫困户，都在心里装着呢。

开展精准扶贫工作近两年以来，蛮子地村在驻村工作组和村“两委”班子的不懈努力下，建起了两个在外不愁设计和销路的服装厂，转移安置 54 名年轻妇女和 2 名残疾人就业，花花绿绿各式各样的童装出口美国哩，洋小孩儿都喜欢。村集体也突破了过去零收入的历史，每年稳定收入 2 万元。新修建硬化村路 3.9 公里，生产桥 3 座，集雨水窖 700 座，水利灌溉设施 9 套，新安装路灯 220 盏，新建文化广场 1 座，标准化卫生室 1 所，翻建了小学，极大地改善了村民的生产生活条件。新建屋顶光伏 36 户，已经投入发电，贫困户看到了经济效益。大部分贫困户已经脱贫或即将脱贫。村子变啦。

日头，熟悉的日头，早骑马，午骑牛，傍晚骑上葫芦头。一天很快，快得像扶贫路上的风雨兼程。一天很慢，慢得如同驻村两年的夙兴夜寐。很多事情总是办不完。

乌鹊还巢，牛羊下山，在服装厂上班的工人陆续收工，每家里都有一盏温暖而明亮的灯，等着晚归的人。刘中华、张维民、李大哥聚到一起，交流着白天走访的家庭，梳理着遇到的问题，考虑着怎么能够解决。

山月弯弯，室温下降，梦里有红彤彤的太阳。